图像的图像

—— 2003 中国当代油画邀请展

展览组委会

主 任

董小明

副主任

王小明

张树国

委 员（按姓氏笔画为序）

郑 强

赵伟东

鲁 虹

策展人

鲁 虹

图像的图像

——2003 中国当代油画邀请展作品集

深圳美术馆编
主编　董小明

广西美术出版社

如，在由深圳美术馆主办的"图像的图像——2003 中国当代油画邀请展"展览中，更多的艺术家是借对当下青年生存状态的描绘来涉及"后生代"普遍存在的精神性问题。透过画面我们可以感到，在现实面前，他们或者充满困惑、感伤、无奈的情怀（尹朝阳）；或者喜好追求时尚，显得矫揉造作（江衡）；或者被恐惧与颓废的情绪所笼罩（何森）；或者呈现自我分裂的青春症状态（赵能智）；或者对前途感到困惑而不知所措（俸正杰）；或者根本就无理想、无忧患，只知追求瞬间的快感与个性的张扬（熊莉钧）。艺术家张小涛与季大纯虽然没有正面涉及"后生代"的生存状态，但前者通过对动物与器具的表达，隐寓性地表现了"后生代"生存的孤独感与残酷性；后者则在借用传统手法描绘静物时，以一种淡泊超脱的精神气质，对"后生代"中一些人的生存方式表示了间接的批判。此外，既有人用对身体局部的描绘突出了一种可怕的无助感与对幸福的向往（徐文涛、黄庆）；也有人将不同的图像加以拼装，以寻求脱离日常的生存经验（秦琦）；既有人将流行图像加以梦幻组合，意在对青春类大众文化进行视觉性的文化反思（钟飙）；也有人在用照相机记录与个人经历相关的场景时，努力以绘画呈现照相机的观看方式（付泓）。相比较而言，在参展艺术家中，李大方、余旭鸿与徐宏民显得略有些不同。他们似乎都没有涉及"后生代"的生存问题。李大方、余旭鸿意在用组合性的画面强调人与自然的关系问题；徐宏民则用十分抽象的画面表明了对商业化社会的不认可。我觉得，在这三个人身上，还些许保留着上一辈艺术家的精神气质，所以，前二者更偏好从整体上思考较为重大的文化问题，后者更偏好探讨与内心深处相吻合的结构空间。

而在艺术的处理手法方面，"后生代"艺术家更多的是从"虚拟性"入手去营造一种特殊的气氛，这使他们能够在各自设立的主观框架中，充分突出想要表达的思想观念。"虚拟性"是相对"写实性"而言的。在艺术史的上下文中，后者的含义是用画面真实客观地把某对象描绘出来，以接近现实中的"这一个"。"虚拟性"却不同，它的含义是在现实的基础上创造出一种形象，以适应某种表现上的需要。许多学者将其称为类像与拟像。历史上，也有艺术家使用过"虚拟性"的手法，但一直是在"写实性"的基础上进行，并未走向极端。令人不可思议的是，到如今，这种手法在消费时代盛行的大众文化中却得到了登峰造极的发挥。正如许多学者指出的那样：从特殊的宣传效果出发，有时它会无中生有，有时它又会严重地歪曲现实，结果便与"写实性"形成了完全对立的概念。而且，为了操作简便与更易进入公众，大众文化采用的"虚拟性"逐渐演变成了对某类对象的纯粹性编码。正是因为大众文化具有概念化、类同化、批量化、无风格的特点，著名的法兰克福学派对其进行了猛烈的批判。可惜，他们只看到了特殊利益集团运用公共图像对大众单向操纵的现实，却忽视了能动性公众对现有图像进行改造的现实。"后生代"艺术家的聪明之处在于，一方面，他们按大众文化的原则与趣味挪用或创造了自己需要的艺术形象；另一方面，他们又在这样的过程中，巧妙地赋予了画面以意义。说到底，"后生代"艺术家的作品与大众文化的最大不同之处是，后者是要逃避现实，让人进入幻想的世界；前者却是要超越视觉的表象，切入现实的本质。

于是，"后期制作"的方式也随之出现在了"后生代"画家的作画过程中，甚至成了不可或缺的一个步骤。本来，"后期制作"是从事摄影、摄像与电脑图像处理工作的人员，在获取第一手材料后，必然要做的后期工作，但现在这样的做法已经为"后生代"艺术家所借用。

他们的具体方法是：或者对现有的公共图像进行挪用、改装、并置与重组（钟飙、熊莉钧等）；或者将摄影、摄像作为基本媒介加以使用，然后再将获取的图像放入电脑中进行技术化处理，使之成为创作的"蓝本"（张小涛、江衡、何森、赵能智、俸正杰等）。由于"后生代"艺术家基本不对生活中的"摹本"进行直接性的写生，因此，他们作品中的造型语汇、表现手法和组织方式也呈现出了全新的趋向。就画面的组合而言，"后生代"艺术家更喜欢用自由联想的游戏方式，去创造带有流行效果的、喜剧的、荒诞的、半梦半醒的作品。而且，更多的是对摄影中大特写与中前景式镜头的借用。就画面的造型与表现方式而言，"后生代"艺术家又喜欢将不同的艺术传统——如达达艺术、超现实艺术、波普艺术等与大众文化中的不同类型——如漫画、广告、摄影、摄像等自由结合。由此，他们也创造了各自不同的艺术风格，并具有鲜明的时代特点。依照传统的标准，人们也许看不惯他们的作品，但当我们结合特定的文化背景去分析他们的作品时就会感到，这种变化带有历史的必然性，谁也无法阻拦。我甚至认为，对于外来文化、大众文化和各种新艺术样式——包括行为艺术、装置艺术、新媒体艺术的合理借鉴，正是"后生代"艺术家面对新情境压力而采取的文化策略。这也使作为传统媒介的油画获得了全新的发展空间。人们没有必要指责他们。

在这里，一个问题被带了出来，那就是既然"后生代"艺术家如此热衷于向新的艺术样式学习，为什么不去从事新艺术样式的创作？为什么他们要将油画弄得不伦不类？据我所知，在一次全国性的学术讨论会上，一位油画家就提出了类似问题。对此，我想回答的是：第一、"后生代"艺术家不仅都受过专业性教育，也迷恋着油画这一传统的艺术媒介。在他们的心目中，架上油画仍然是观察自然、认识自我的有效途径。因为从注重表达个体体验与反抗机械复制的现象出发，他们无比珍视油画所具有的个人化与手工化的特点。第二，媒介本身并无优劣之分，只要将独特的思想观念与生存体验纳入创作之中，油画仍然在当代艺术的格局中占有重要的位置，例如在伦敦、柏林，油画至今还是当代艺术中既普遍又重要的媒介，像当今十分走红的艺术家格兰·布朗和列昂·歌卢布就一直把油画作为主要的表达工具。但这一点并不影响他们的学术地位。第三，在国际当代艺术的格局中，中国当代油画家有着相当的优势，一个既缺乏影像背景又在绘画上有所专长的人，根本没有必要放弃自己的优势，去追赶国际艺术的新时尚。第四，在"后生代"艺术家的作品中明显带有大众文化的视觉特征，并不能说明油画的堕落。恰恰相反，他们创造的形式，既是对当下文化环境的一种暗示与规定，同时也是他们的艺术趋于成熟的标志。

中国"后生代"艺术家创造的油画艺术再次让我们看到了思想价值的巨大力量。应该说，正是在反复遭遇当下中国人生存的基本问题中，他们的油画艺术才形成了一个特殊的文化象征系统，进而涉及了有关人生意义的永恒问题，这无疑是值得欣慰的。

祝中国"后生代"艺术不断取得更大的成就！

2003 年 8 月于深圳东湖

伤　97cm × 130cm　2003 年

马帮叙作品

烟　150cm × 200cm　2001 年

一天　155cm × 198cm　2003 年

8：00PM 组合（1&5）　105cm × 300cm　2002—2003 年

付泓 作 品

8:00PM 组合（2&3）　105cm × 300cm　2002 年

付泓作品

■在我的作品里，我更着重的是图像本身所折射的社会现实意义和个人自身的历史经验以及图像本身所赋予的心理和人文的特定时代情感因素。在我的画中，"中心人物"表现得透明化、模糊化。在此，"中心人物"是商业社会的一个美丽符号。我所营造的是人们在享受商业社会果实的同时，感受到在美丽社会当中隐藏着的美丽假象和散发着的物欲气味。作品中的现实主义特征给人提供了一种赏心悦目的"健康心理状态"正好说明了这个时代中消费文化、快餐文化对人自身产生"消化不良"的影响和个性的自我消失。它给人带来了似"美丽"又"非美丽"的情节和场景，并且给人带来了新的视觉空间。

■**江衡**对我们时代文化的敏感及提升是以为"时尚美女"造像为切入点的。他通过具有广告的单纯、亮丽的色彩，又借用了中国传统年画和旧上海的月份牌画的平涂技法，将在商业文化影响下流行的"时尚美女"矫揉造作和暧昧矫饰的心理状态直观地呈现出来，并试图把当代中国正在兴起的消费社会中的时尚化、虚拟化生活加以典型化、波普化的处理，用夸张的笔触具象地勾勒出这个时代物质和精神崇拜的生动且荒诞的情境。戏拟的语言方式背后隐含的是他对当下生活的深刻关注以及严肃认真的反思。（冯博一）

消费时代景观 4　185cm × 235cm　2003 年

消费时代景观 5　185cm × 235cm　2003 年

消费时代景观 6　135cm × 165cm　2003 年

江 衡 作 品

消费时代景观 7　135cm × 165cm　2003 年

汀 衡 作 品

女孩·玩具·烟　150cm × 100cm　2003 年

何森作品

两个女孩的场景　　150cm × 190cm　　2003 年

何森作品

女孩·玩具·烟　190cm × 150cm　2003 年

何森作品

女孩·玩具·烟　100cm × 150cm　2002 年

何森作品

女孩・玩具・烟　150cm × 190cm　2003 年

何森作品

■当代艺术应该是面向大众的，要承担着责任和社会道义，关注我们的生存困境，并提出问题在作品中讨论。■我的作品"与你共舞"系列试图通过对人与动物关系的关注来消极呈现人与人的关系和人与自然的关系。它是对人性的隐喻：慈悲之心，避开灾难之路。

■历史总是赋予艺术家表现的场景。当代艺术家对文化的判断、思考和感悟，为我们这个时代创作出丰富的、具有鲜明时代特征的作品。**余旭鸿**的油画作品"与你共舞"系列展示了人性与灵魂的思考。在一个消费时代，在过分宣泄人本主义的情形下，他的作品为我们带来几分惊喜与希翼。与人共舞是诸多自然生命的本质呈现，在此，痛苦与愉悦、生灵与物语，都使我们感到生命的价值。**（井士剑）**

与你共舞系列之一　200cm × 200cm　2003 年

金旭鸿作品

■ "天堂"和"116号楼310号房"是我所理解的北京新生活，它们充满着享乐主义和末世的颓废情绪……纵欲过度的糜烂镜像令人眩晕，并且充满着恐惧和躁动不安。我希望把这些生存的恐惧、渺小、压力、糜烂的微观片段通过作品表现出来。它们是我们荒诞而纵欲的物质生活片段的抽样放大，也是我们面对这个物质化欲望社会的本能疑虑和反应。

■蛋糕就是一个局，一群人共谋的一个局，世事如棋。**张小涛**借用蛋糕——虽披着华丽的乐曲般的奶油，却拥有虽然美味但是"糟糕"质地的"自然本色"，非常文学性地比喻了我们这个时代的一些虽然浮华但是腐朽的认知和经验、传统和秩序，以直达心灵的直观，控诉不近情理的客观。

■张小涛是一个胸藏愤懑和悲情的艺术家，他选择了理性的借尸还魂法，即通过思维的过滤，经过再加工，形成再表现，让畅快淋漓不仅停于视界，而且流向内心，在共振共鸣之际还如甘泉沁人心脾。（**黄燎原**）

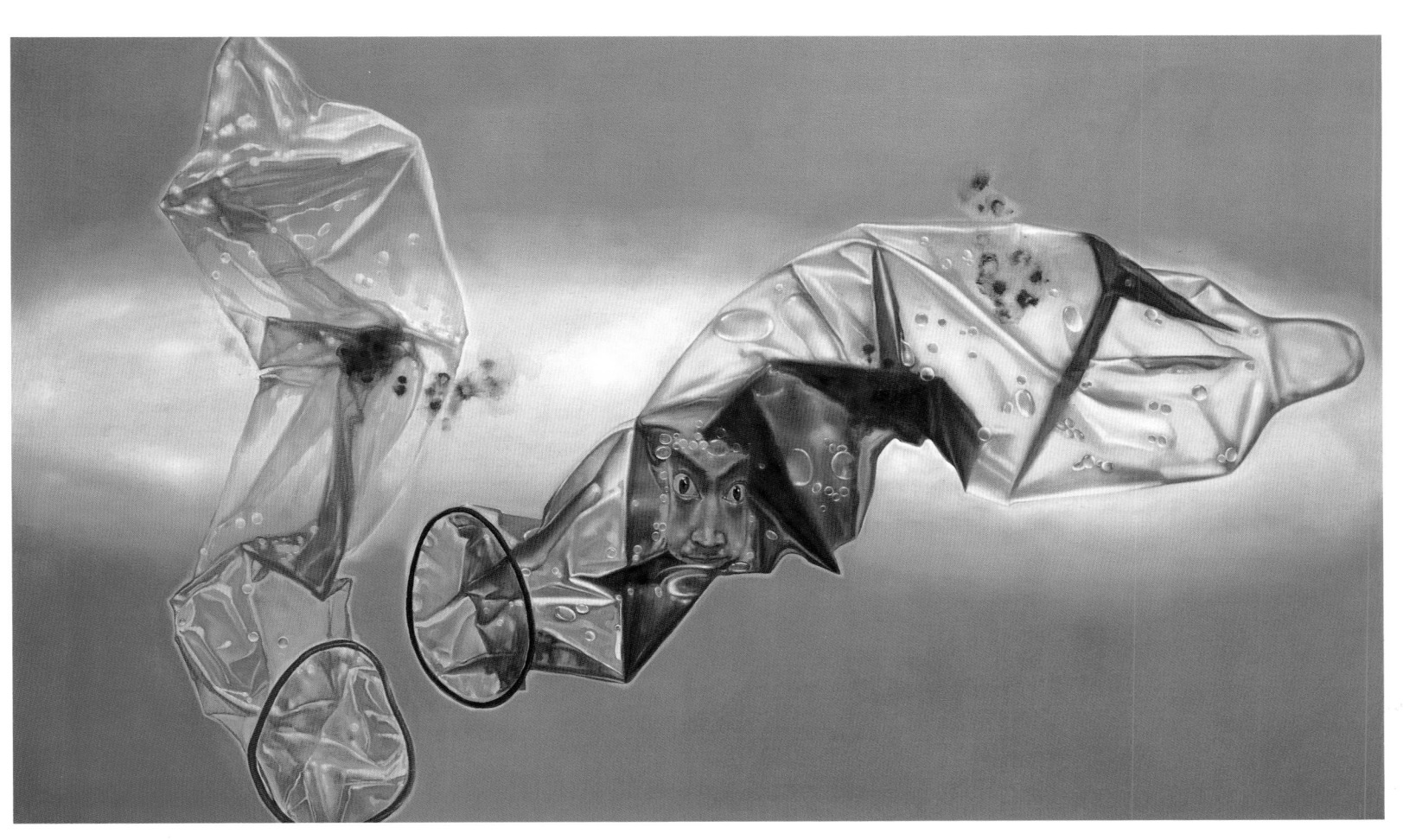

放大的道具——水晶　150cm × 250cm　2001 年

张小涛作品

放大的道具——幻觉 150cm × 250cm 2002 年

张小涛作品

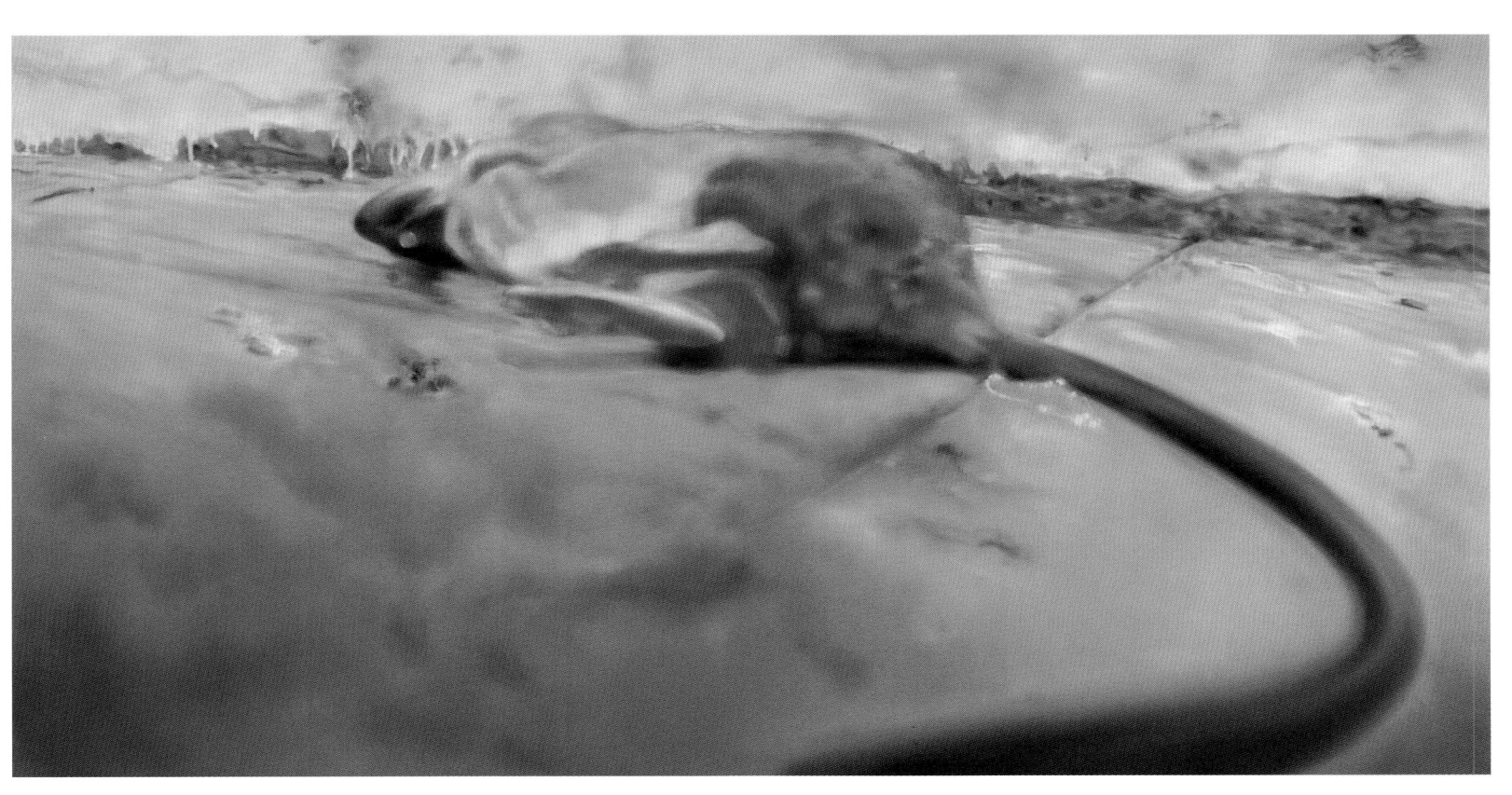

天堂　210cm × 400cm　2002 年

116 号楼 310 号房间　　210cm × 400cm　　2002 年

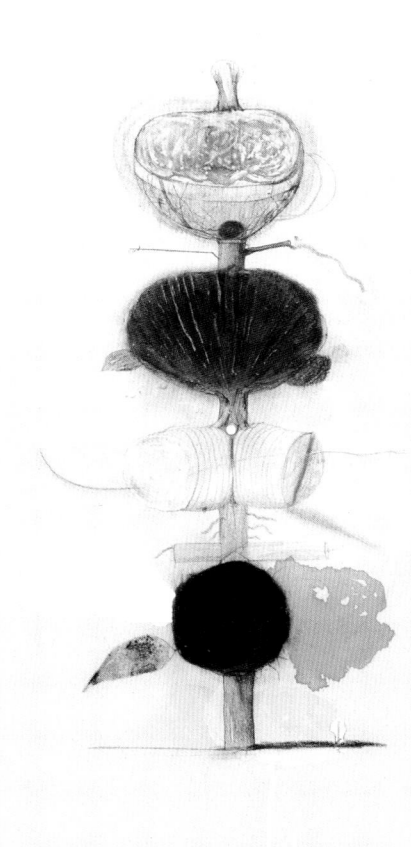

本草纲目—555　150cm × 110cm　2003 年

本草纲目— 777　　150cm × 110cm　　2003 年

季大纯作品

本草纲目—999　150cm × 110cm　2003 年

秦大虎作品

■因为记忆和梦想是现实的一部分，个人体验有着广泛的社会背景，所以，我的艺术在大街上，在镜头中，在随手翻开《辞海》时看到的第一个单词里，在废墟，在超市，在性爱后的瞬间，在帮助别人的自我感动中，在脑海里突然出现空白的时刻，在网络上，在文明海上的波光里……在女人的尖叫声中……总之，我的艺术无所在，而又无所不在。

■**钟飙**特有的工作方式意味着他在文化态度上和以前的艺术家截然不同。无论是政治波普还是艳俗艺术，他们所急于传达的是自己的文化态度，或者批判意识形态，或者批判商品文化，而钟飙似乎游离于这种批判之外。在他的作品中，我们看到了一种知识分子特有的冷静状态。他思考的不是如何批判，而是我们批判的"证据"从何而来，它们的意义又是如何发生变化的。在钟飙对于中国社会流行文化和大众文化的"视觉化"思考方式的背后，我们看到一种新的文化态度。他不像其他关注流行文化的艺术家那样，或者以观念的借口将自己的作品混杂在真正的流行文化中，或者以艺术家的身份用古老的手工方式来批判批量生产的流行文化，或许以手工化和个体生产为基础的艺术根本无法和那些真正的大众文化以及这种文化的媒介相对抗。那些以艺术的名义对大众文化进行批判的艺术和大众文化本身相比，似乎更像一个小苍蝇拍和巨大苍蝇之间的关系。在钟飙的作品中，我们可以看到，通过梦幻性情景的设定和图像的不完整性，他放弃了艺术和大众文化之间被伪装的对抗关系，也放弃了驾驭大众文化的企图，以"视觉化"的方式为艺术在大众文化鞭长莫及的地方找到了一个属于自己的地盘。（**皮力**）

嘿，宝贝　200cm × 150cm　2002 年

废墟　200cm × 150cm　2003 年

拷贝　130cm × 97cm　2003 年

零下 10 度　200cm × 150cm　2003 年

找个地方哭　200cm × 150cm　2003 年

钟飙 作品

■我总是从一些偶然得到的图像开始，通过个人的视觉语言描述去完成作品。我关注的是人的内心世界，也企图通过选择一种图像的视觉经验去传达这种内心化的感受。我希望我的作品能给观看它的人带来视觉上的震动和心理上的不适，而这种感觉的传达是从视觉注入人的内心的。

■**赵能智**的画面刻意堆积着一种自我混乱和分裂的视觉经验、愤怒、阴郁、呆滞、疑虑、窒息、迷幻、妄想和现实的失重等。虚无和压抑的气息从一波一波的迷梦、离奇和水中幻影式谵妄视觉的冲击下迎面扑来，画面是吟唱般的伤情。赵能智描绘的是一代人在20世纪90年代后期被塑造的身体经验和视觉的分裂症气质，画面对自我分裂的青春症状具有视觉上的精神分析性质。（**朱其**）

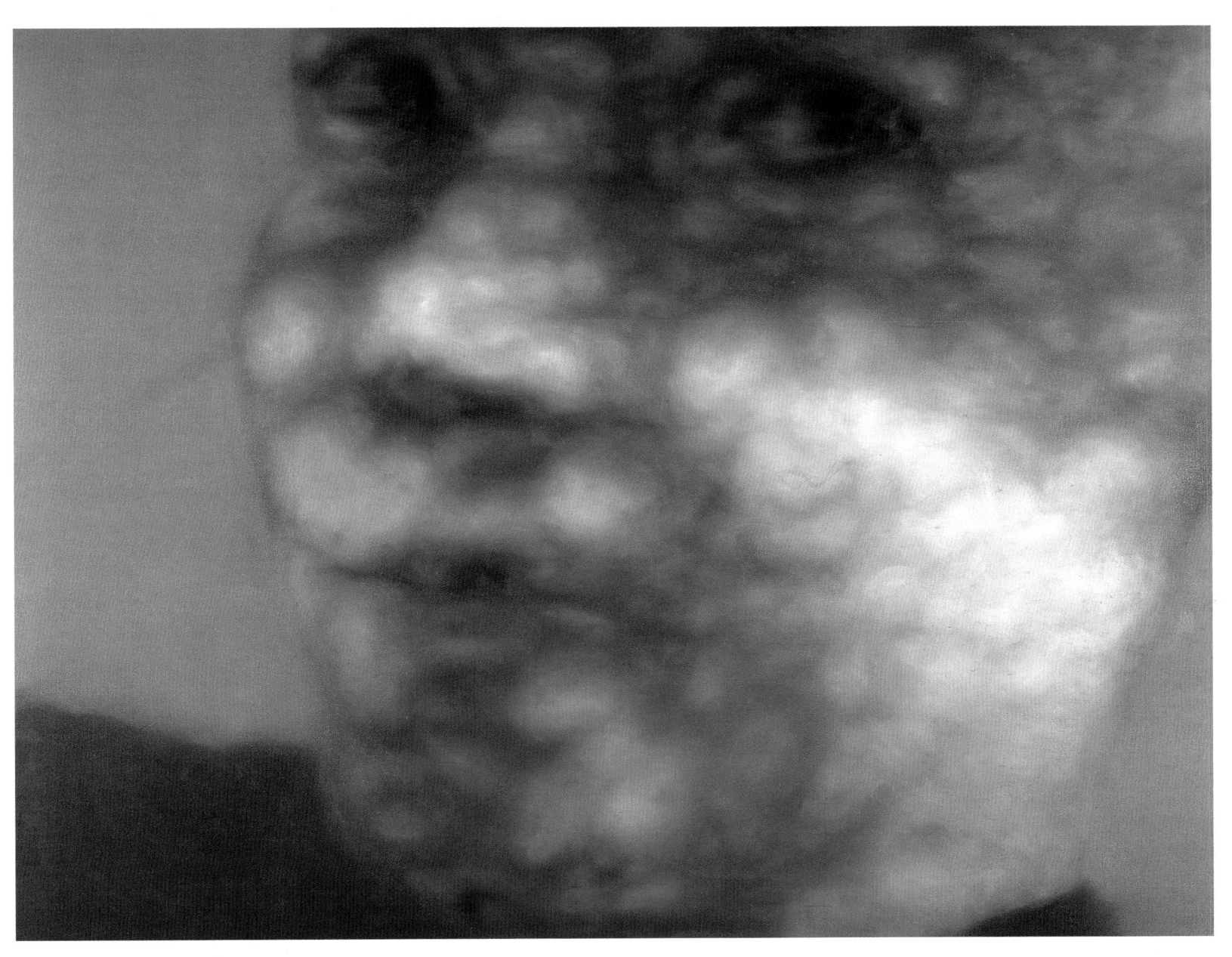

表情系列 2003 作品 No.5　180cm × 230cm　2003 年
叔能智作品

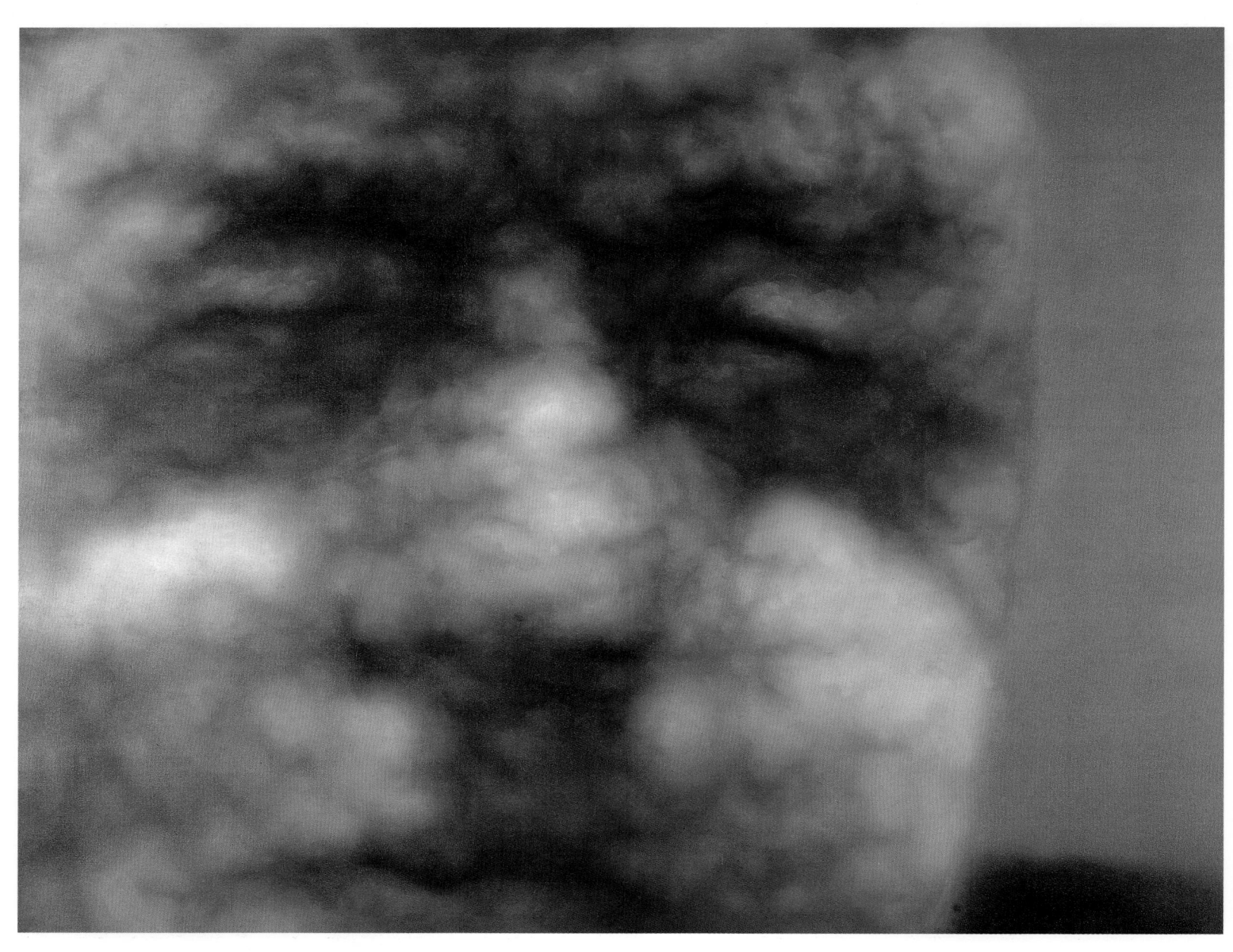

表情系列 2003 作品 No.1　180cm × 230cm　2003 年

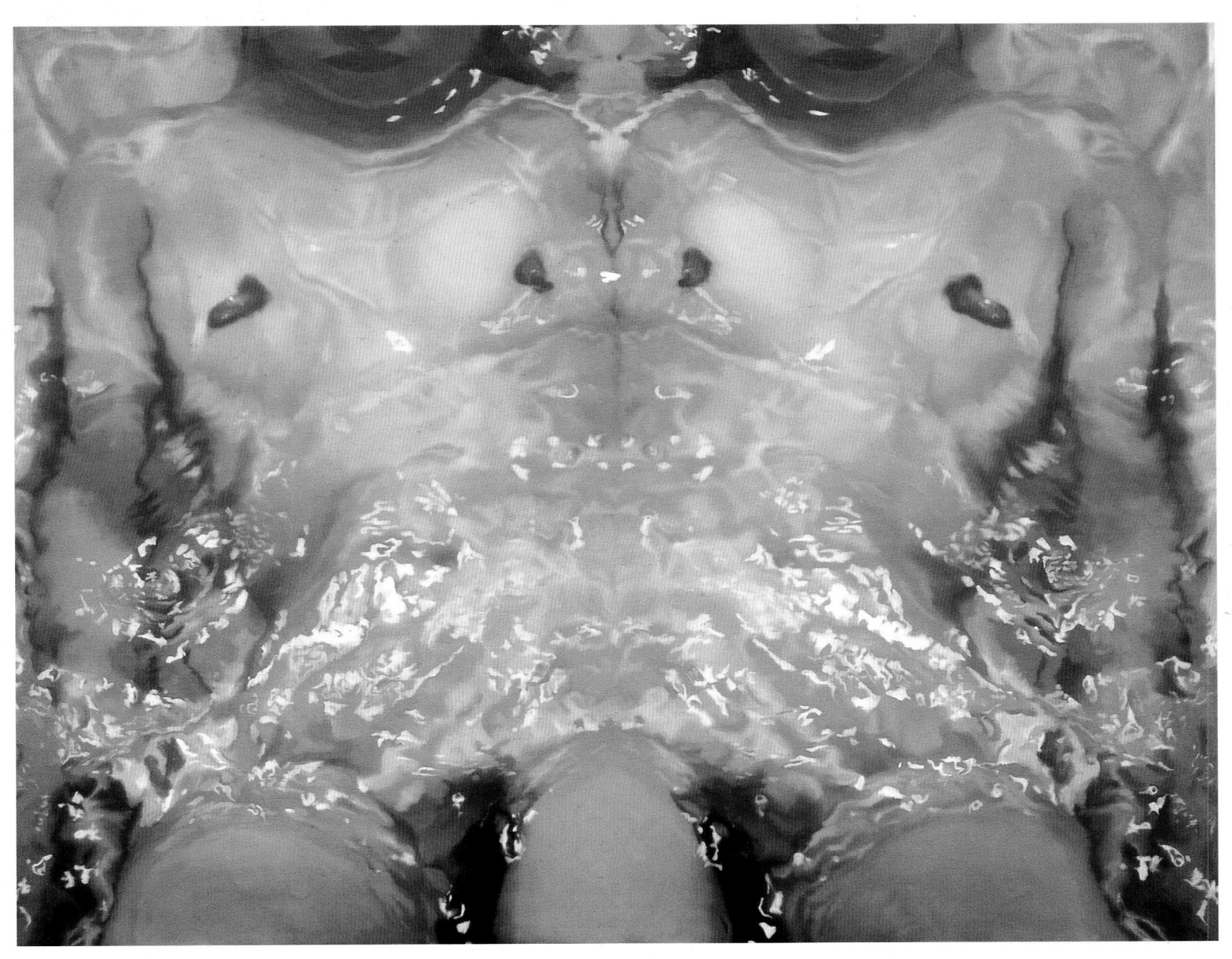

同一形态的复本 No.6　154cm × 197cm　2001 年

徐文涛作品

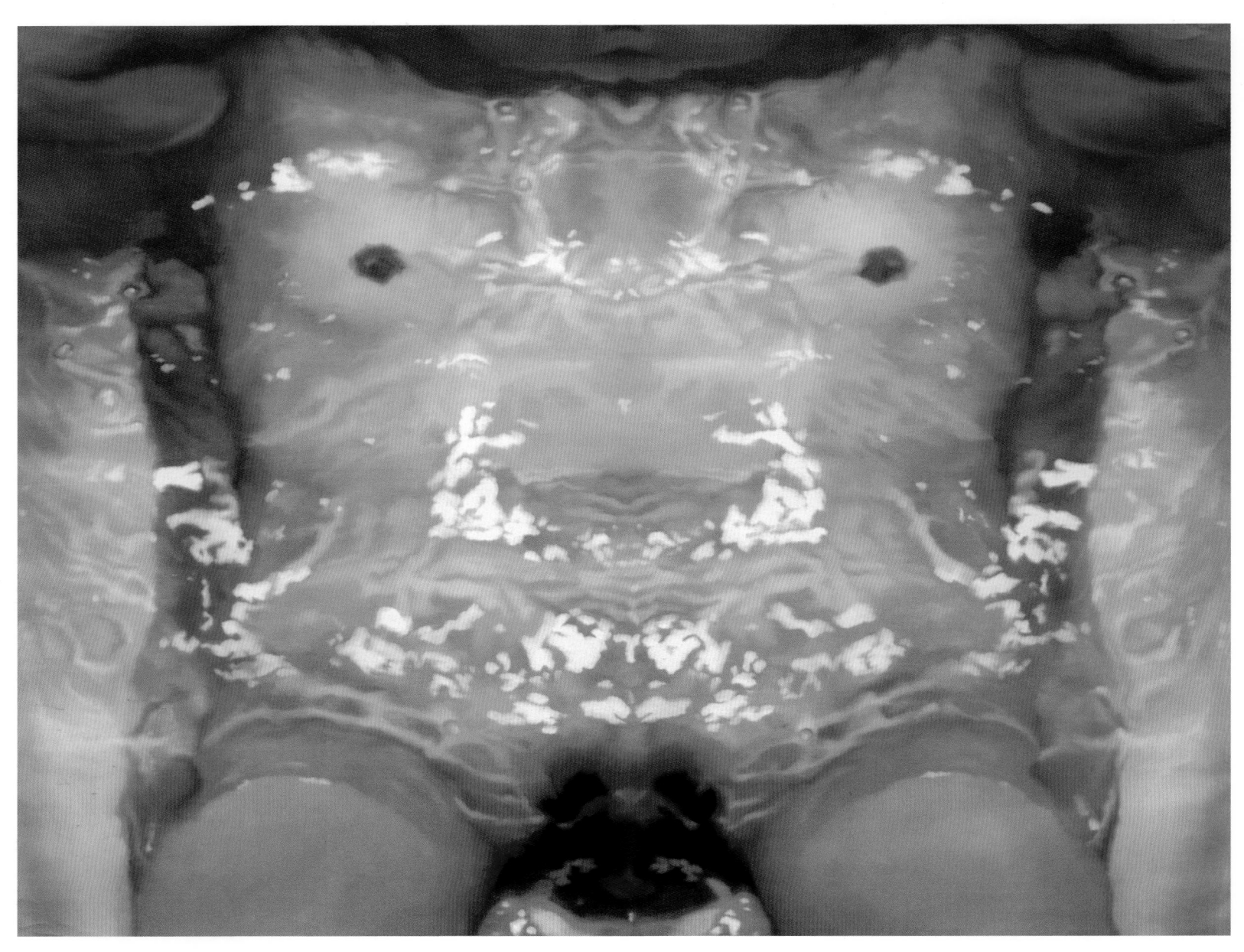

同一形态的复本 No.7　154cm × 197cm　2001 年

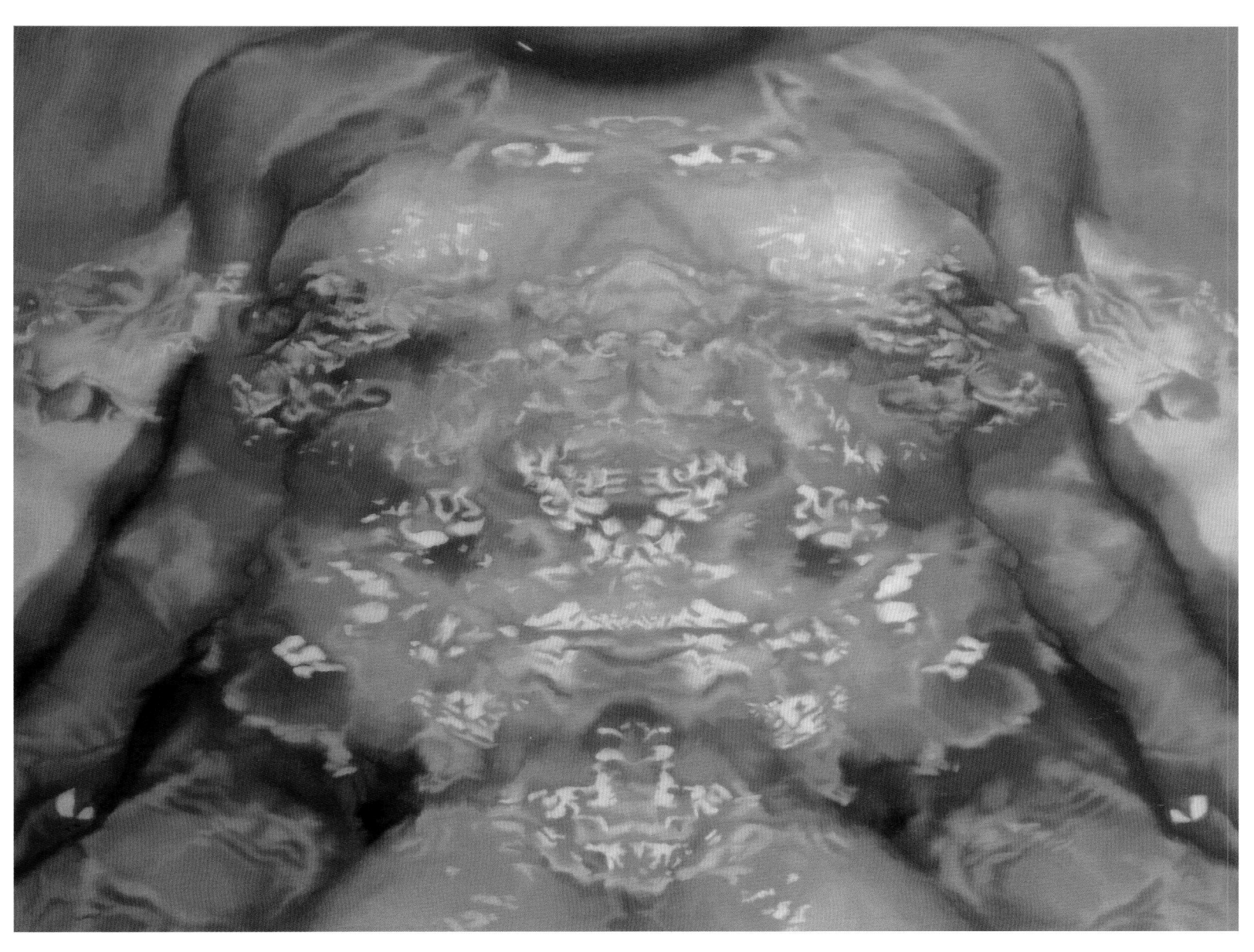

同一形态的复本 No.12 154cm × 197cm 2001 年
徐文涛作品

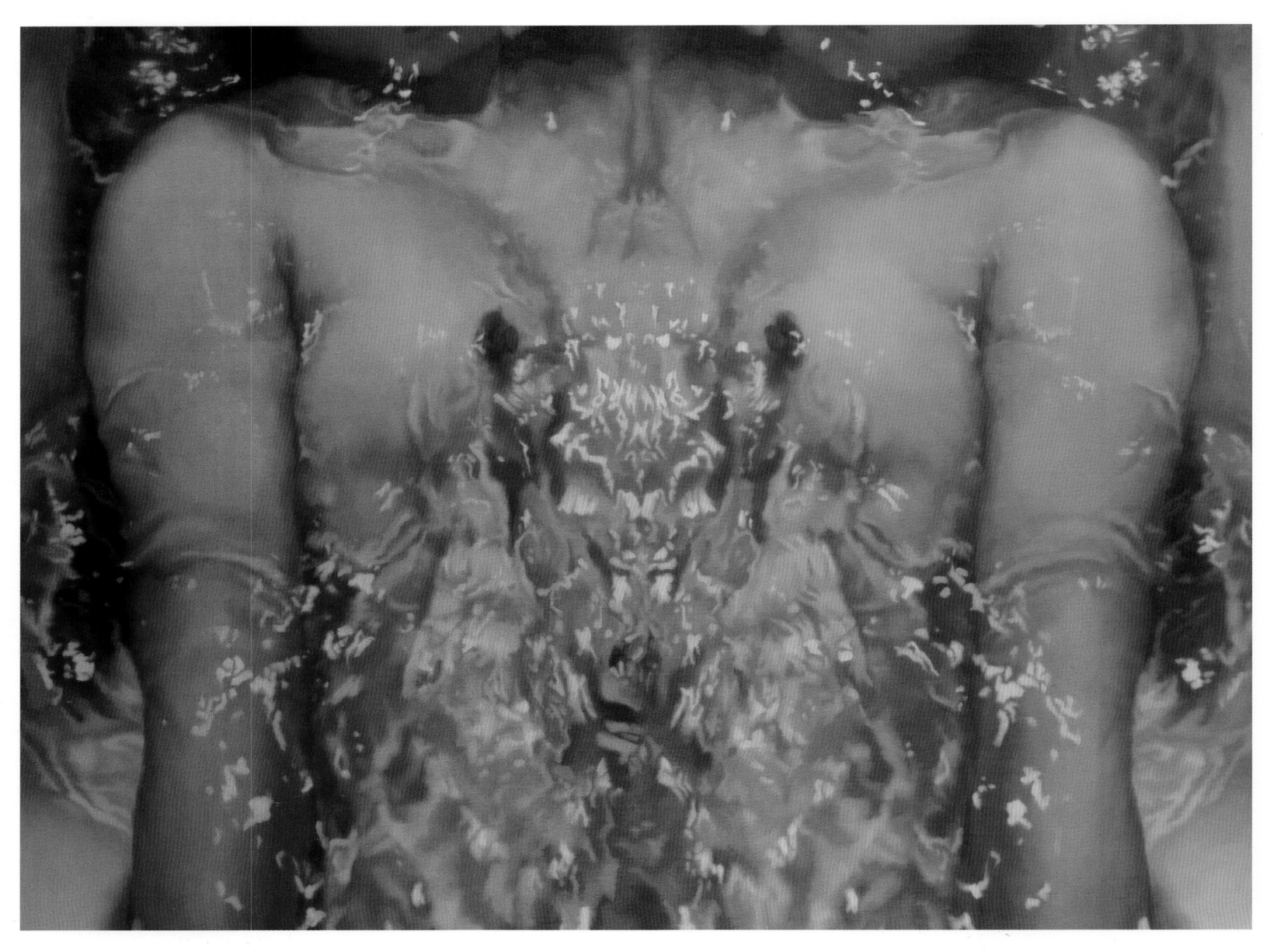

同一形态的复本 No.9　154cm × 197cm　2001 年

徐文涛作品

同一形态的复本 No.3　197cm × 154cm　2001 年

徐立涛作品

■中国多视点、流动的认识事物方式，形成超越时空的世界观、宇宙观和美学观，给予我抽象的艺术思维源泉。多视点这种独特的观察物体的方法，当具体到全景与局部、整体与细节以及时空推移所需视点的高低远近等交替时，存在特定的规律性。形体的伸缩与色彩的冷暖的不确定性融合，构成画面的精神性。抽象概括的再现，形成了我的抽象艺术方法，作品有着微妙的变化与连续性。

■在当代艺术领域中，抽象油画已成为最难创作的艺术形式之一，尤其是优秀的抽象油画，要想有好的创作谈何容易。油画，尤其是抽象油画似乎已经达到极致，不可能再有创新了，一些画家对此深感绝望。彩虹的颜色、狂暴的或者使人欢快的水滴、充斥着焦虑的干扰、忧郁和概念的空虚，无异于几何智力图形，所有这一切，都曾出现在油画画布上。抽象在本质上是关于形式、色彩和纹理的，是感觉的愉悦，是内心深处的反应，而不是直接的智力反应。虽然排列是无止境的，但也并不是无穷无尽的。■**徐宏民**的画是抽象的。其作品的基调是：图案、几何的平衡以及狭小得几乎完全单色的色彩范围。但在他的作品中，当这一切融合在一起时，就会产生惊人的效果。许多传统的抽象手法要么是否认"空间"，要么旨在实现一种抽象的空间意识，与它们相比，徐宏民的作品中包含着不可否认的结构空间。在标识这些空间时，作品通过具体的现实，实现了自我调整，而且还留有想像的空间。空间一律包括一个延伸到远方地平线的宽广前景。直线、对角线、透视线，迂回潜入在蜿蜒的波浪中，绵延至画布的顶端，直到消失在观念的视野之外。虽然，没有任何标记来指示位置，但这些巨大的空间还是与中国联系起来了，如皇宫中的墓碑区、东部陵墓的鹅卵石通道、城市广场的石板等等。这赋予作品更大的广度，因为抽象几乎不包含民族精神。

■徐宏民从1993年起就一直采用这种独特的风格，并且对其做了巨大改进，已达到了成熟的境界，并使之成为日益增长的作品的主体。这些画有时候看起来似乎很单调，但如果灯光合适，您就会发现它们非常生动。在现实中，为人们提供抚慰的就是这些更为雅致的日常风景。（**凯伦**）

不确定的圆形 黑灰二　96cm × 475cm　2000 年

可伸展的圆形 黑灰三 96cm × 475cm 1999年

玩笑　160cm × 110cm　2003 年

春琦作品

夸大的尾巴　170cm × 120cm　2003 年

秦琦作品

肖像一号　91cm × 91cm　2003 年

冯正杰作品

FENG ZHENGJIE

2003-07

肖像二号　91cm × 91cm　2003 年

肖像三号　150cm × 150cm　2003 年

俸正木作品

→ 87

肖像四号　150cm × 150cm　2003 年

肖像六号　150cm × 150cm　2003 年

■从无意义的观视零点出发，到物象以各种方式呈现之间，总有那一稍纵即逝的涌现，我们正是要留住这种涌现。我所渴望的便是将那运动着的、欲逃离的、将消逝的瞬间永驻画布，并不断回溯到那原初的瞬间，以其自然的生成方式显示自身，而保持其鲜活、灵动的特质。即使在延伸的视域和时空的流变当中，依然能回溯到"看"的悬而未定的状态。这样我们就站在了无意义的"看"和艰难的"看到"之间。

■我们在**黄庆**的画面中看到了这种"看"的居间性，那朦胧的匆匆一瞥，那被无数个这样的一瞥所叠映出来的事物，以及这种叠映所悄然开启的视域和胸襟。黄庆的"摸索"已不仅仅是关于个人之"看"的摸索，它指向绘画的根源。在黄庆的许多小画中，有明显的"横"迹，这些"横"迹让我们体察到绘画那一瞬即逝的身影，我们正是在这里看到了绘画的意义。

图像时代的图像贬值正在于所谓"意义"的浅表化和泛化，绘画正是在这显露自己的价值，重建自己的世界。**（许江）**

肌肤系列之十一　　200cm × 182cm　　2002 年

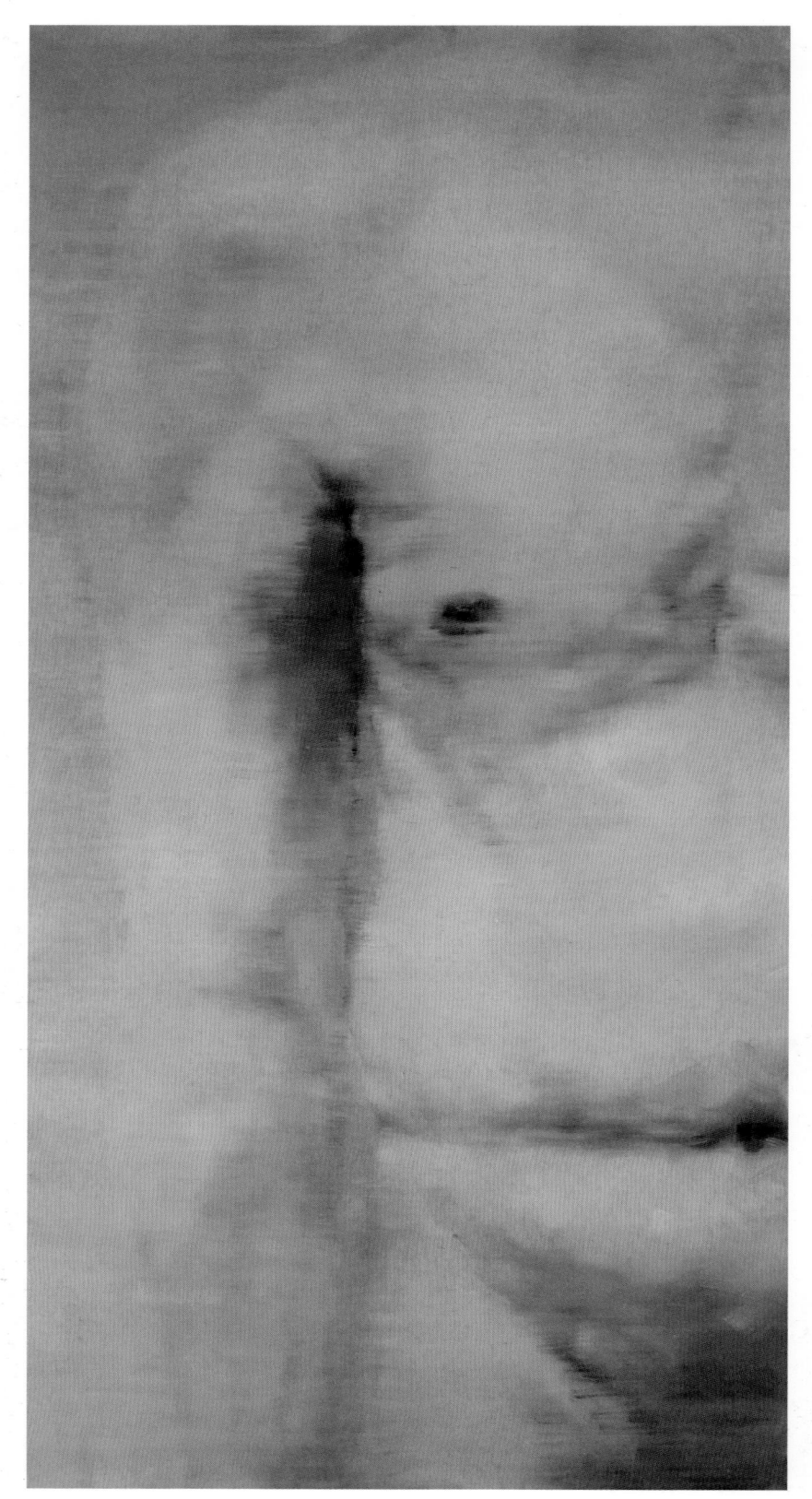

肌肤系列之五　　260cm × 130cm　　2002 年

黄庆作品

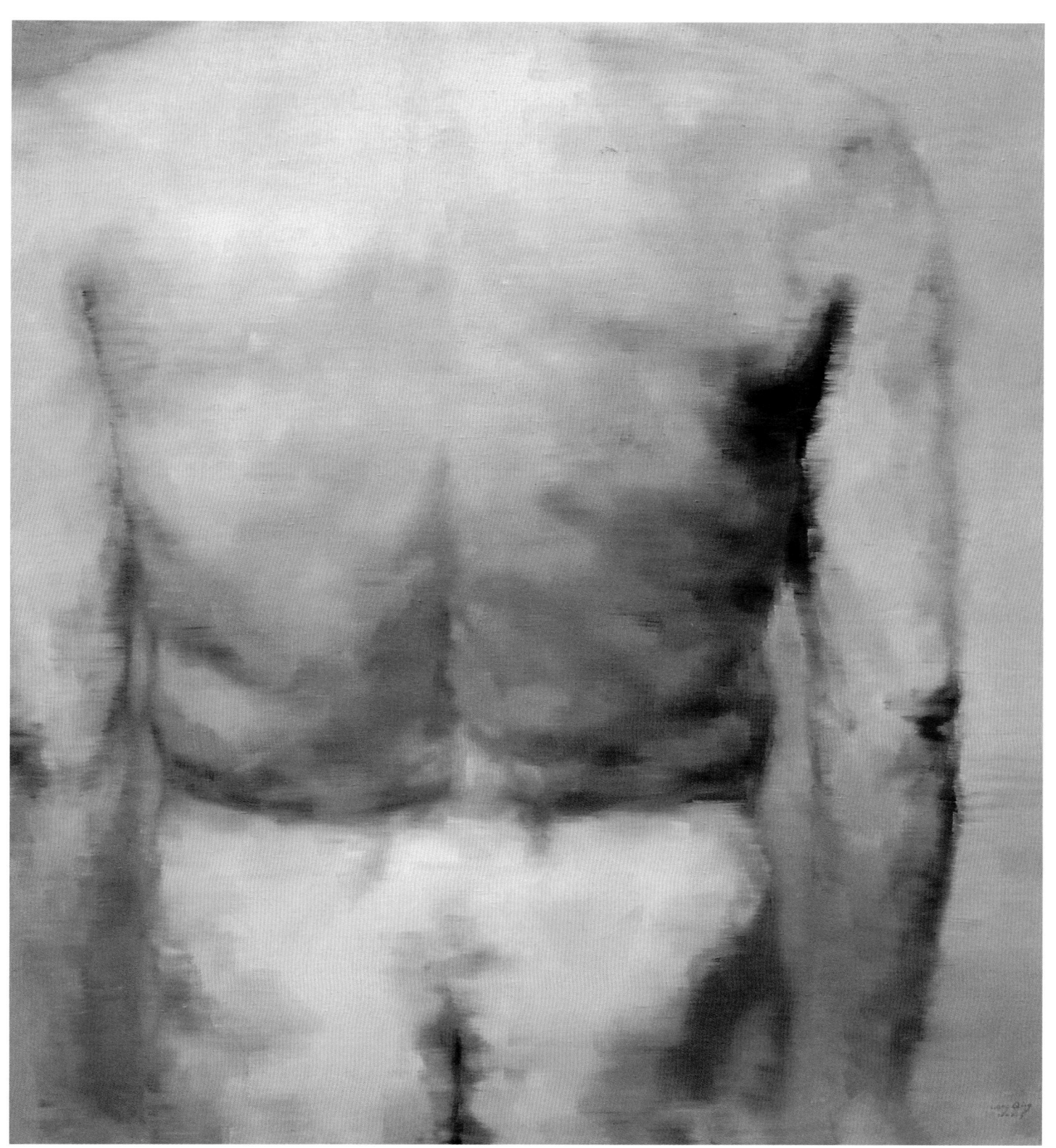

肌肤系列之十　200cm × 182cm　2002 年

黄庆作品

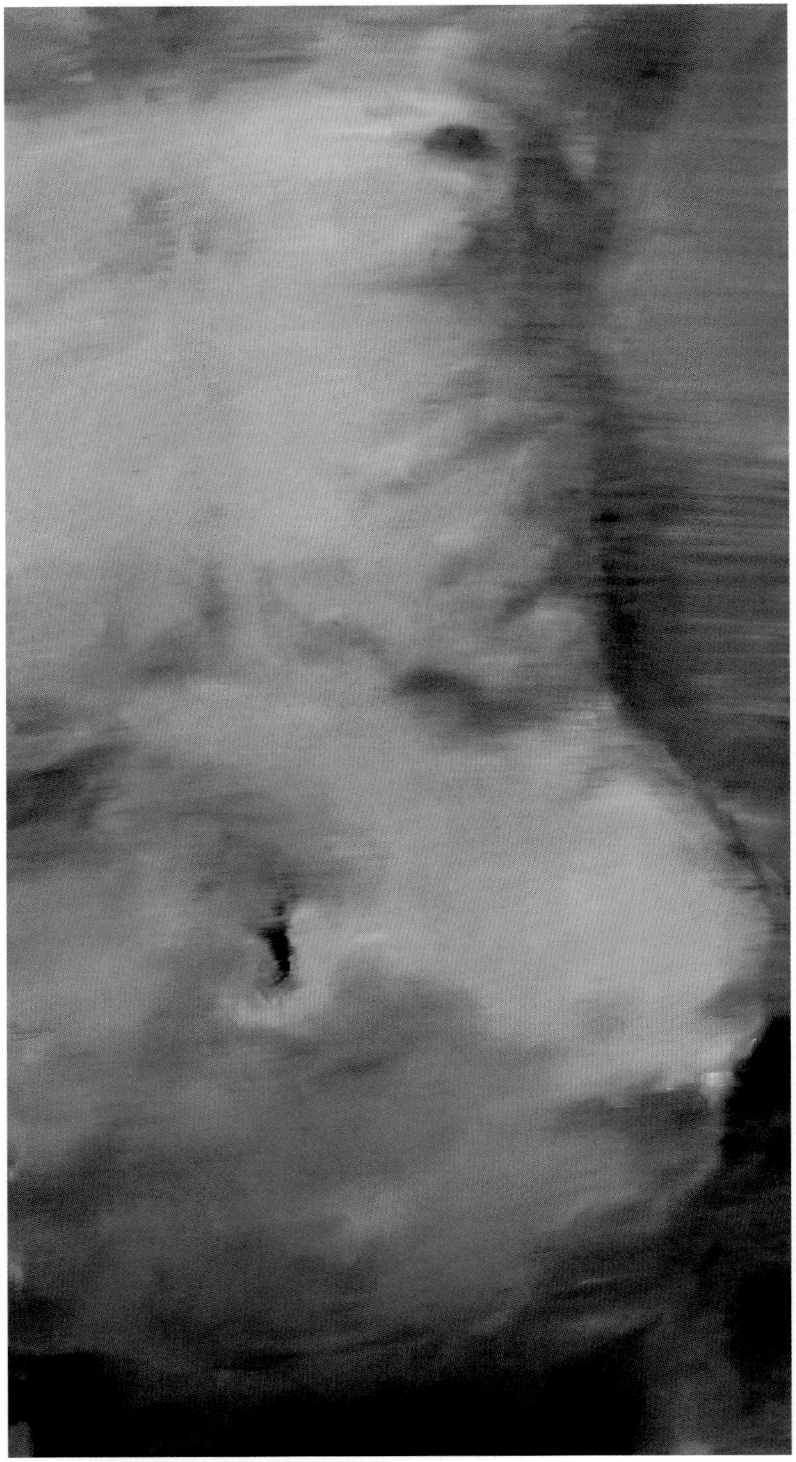

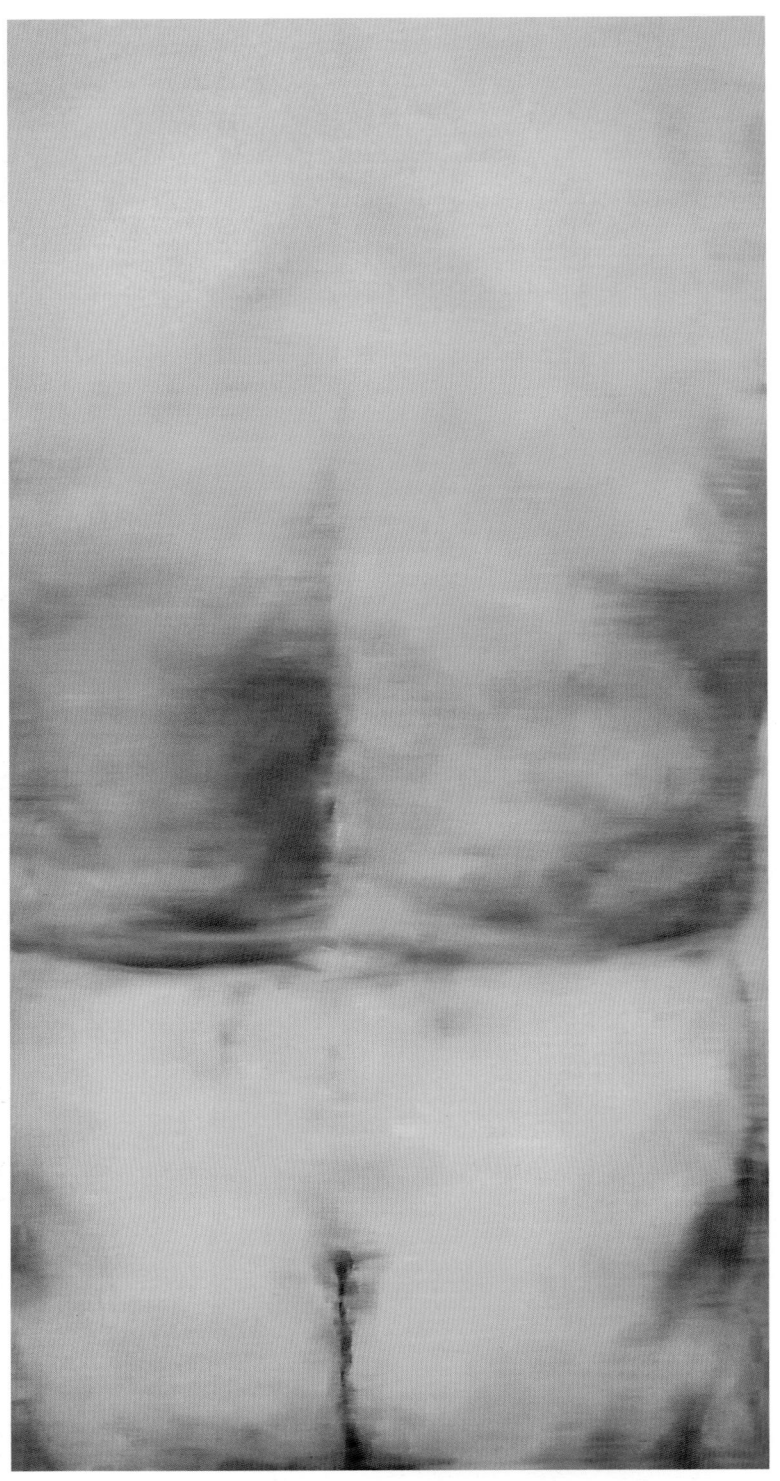

肌肤系列之七　260cm × 130cm　2002 年

肌肤系列之六　260cm × 130cm　2002 年

94 →

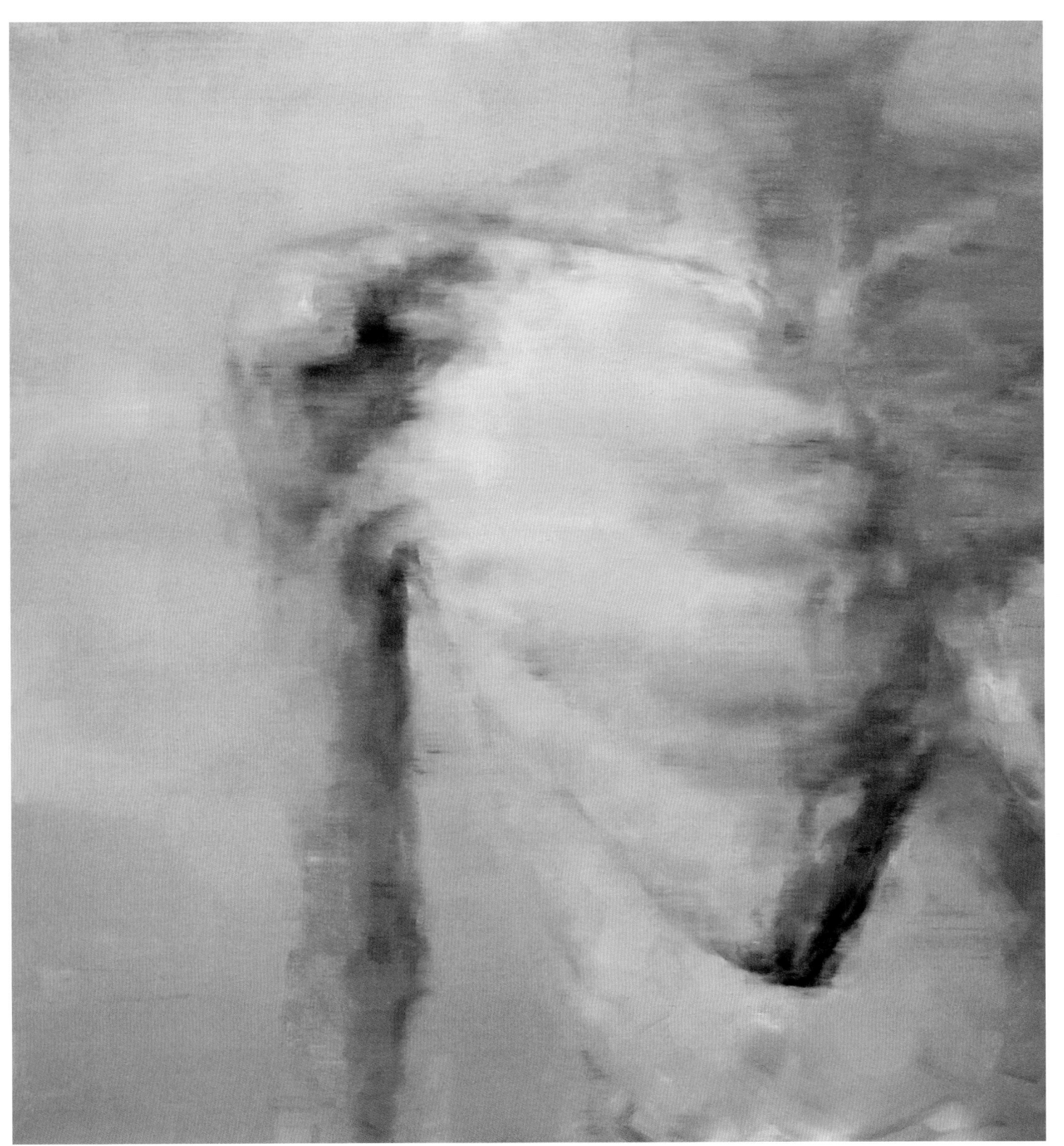

肌肤系列之九　200cm × 162cm　2002 年

黄庆作品

■20世纪70年代后出生的青春一族有着全新的人生观。他们成长在一个风平浪静的时代，其生活经历和关注对象也因此与上一代迥异。他们的精神生活里没有忍辱负重、牺牲成全，有的是个性张扬、色彩人生的需求。尤以无忧患意识为甚，无忧患意识成为他们通用的风貌，不关心政治，不考虑将来，追求随心所欲。如果说有什么使过去美术作品中晦涩隐喻的手法弱化了，则绚丽的色彩、平面化技术方式、流行般的生活画面功不可没。

■**熊莉钧**用"无厘头"来标识自己的画，恰到好处地说明了这一代画家精神和情感的说不清、无所谓的状态。她的画也呈现出这一代人麻木表象下的灵动敏感，她个人的率性直奔点醒了这一代的集体无意识。■熊莉钧的画在主观上排斥抛弃掉导师们的实体依附性和画布旨趣的玩味，有意识地抛开逻辑环链和叙事意图，只追逐人生的瞬间快意和当下临界状态。她的画中显露出青春的自我放逐和浮尘游戏，画布上写实传统的油色旨趣空间层次都被放弃掉，呈现出卡通的渲染效果和人物的动画视效。人物的神色肌肤不随环境制造空间美感，而充满情绪化观念化的燥色平涂。画面透视也遵循着"无厘头"的自由规则和快意刺激的张力原则，显出极其夸张恣肆的视效。（**牟群**）

波西米亚风之十　160cm × 200cm　2003 年

熊莉钧作品

波西米亚风之八　160cm × 200cm　2003 年

熊莉钧作品

波西米亚风之六　200cm × 160cm　2003 年

熊莉钧作品

波西米亚风之九　200cm × 160cm　2003 年

熊莉钧作品

波西米亚风之五　200cm × 160cm　2003 年

熊莉钧作品

简历

尹朝阳

1970 年生于河南南阳

1996 年毕业于中央美术学院版画系

现居北京，职业艺术家

个展

2001 年 "神话"（北京）

2002 年 "一代"（上海）

重要参展

1999 年 "新锐的目光——1970 年前后出生的一代"（北京）

2001 年 "第一届成都双年展"（成都）

2002 年 "青春残酷绘画"（上海）

　　　 "亚细亚说论"（韩国）

付泓

1968 年出生于湖北汉川

1997 年毕业于湖北美术学院，获硕士学位

1997 年在湖北美术学院任教

2001 年后在清华大学美术学院绘画系第四研究室学习

重要参展

1997 年 "中国油画肖像艺术百年展"（北京）

　　　 "走向新世纪——中国青年油画展"（北京），获奖

2001 年 "无焦点"（武汉）

　　　 "界面·5"（北京）

2002 年 "湖北青年艺术家绘画展"（北京）

2003 年 "携手新世纪——第三届中国油画展"（北京）

　　　 "今日中国美术"（北京）

江衡

1972 年生于广东普宁

1996 年毕业于华南师范大学美术系

1997 年就读于华南师范大学美术研究所研究生班

现任教于广东工业大学

个展

2001 年 "江衡油画展"（广州）

　　　 "江衡油画艺术展"（上海）

　　　 "青年艺术家个人邀请展"（香港）

重要参展

1996 年 "中国·卡通一代联展"（广州）

1998 年 "中国·卡通一代第三次展"（广州）

1999 年 "中国当代油画展"（北京）

　　　 "中国当代艺术家学术邀请展——CHINA46"（上海、澳大利亚墨尔本、台北）

2000 年 "后新生代与新世纪·广东展"（广州）

　　　 "艺术中的个人与社会——中国十一位青年艺术家作品展"（广州）

　　　 "2000 年帕多瓦·中国当代绘画展"（意大利帕多瓦）

　　　 "2000 年广东油画艺术大展"（广东美术馆）

2001 年 "过渡中的年轻人——中、德、英艺术家交流展"（深圳）

　　　 "对话、冲突与包容——中国现当代艺术展"（意大利曼多瓦）

　　　 "第一届成都双年展"（成都）

　　　 "中国当代艺术第六届文献方案展"（上海、北京）

2002 年 "第十七届亚洲国际艺术展"（韩国）

　　　 "新都市主义"（广州）

2003 年 "2003 年广东油画艺术展"（广州）

　　　 "携手新世纪——第三届中国油画展"（北京）

　　　 "第十八届亚洲国际艺术展"（香港）

收藏

广东美术馆、何香凝美术馆、意大利曼多瓦青年美术博物馆

李大方

1971 年生于辽宁沈阳

1993 年毕业于沈阳大学师范学院

2000 年毕业于鲁迅美术学院油画系

个展

1998 年 ˝李大方油画展˝（沈阳）

1999 年 ˝李大方油画展˝（沈阳）

2000 年 ˝李大方油画展˝（沈阳）

2001 年 ˝李大方油画展˝（上海）

重要参展

1991 年 ˝首届中国油画年展˝（北京）

1995 年 ˝广州中国油画双年展˝（广州）

˝阿蒙拿画廊交流展˝（法国）

2000 年 ˝大连国际艺术展˝（大连）

˝小报告文件艺术展˝（北京）

˝上海艺术展˝（上海）

2001 年 ˝第一届成都双年展˝（成都）

˝柏林艺术博览会˝（德国柏林）

2002 年 ˝巴塞尔艺术博览会˝（瑞士巴塞尔）

2003 年 ˝第三届中国油画展˝（北京）

何森

1968 年生于云南

1989 年毕业于四川美术学院师范系

现工作、生活于成都

个展

1992 年 首届个展（重庆）

2000 年 ˝那些女孩——东便门当代艺术˝（北京）

2001 年 ˝场景——何森作品展˝（上海）

2002 年 ˝何森个展˝（法国巴黎）

2003 年 ˝女孩·玩具·烟——何森新作展˝（北京）

重要参展

1992 年 ˝首届 90 年代艺术双年展˝（广州）

˝第二届中国当代艺术文献资料展˝（广州）

1993 年 ˝后 89 中国新艺术展˝（香港）

˝首届中国油画双年展˝（北京）

1995 年 ˝中国当代油画年展——从现实主义到后现实主义
首展˝（比利时布鲁塞尔）

1999 年 ˝上河美术馆学术邀请展˝（成都）

˝新锐的目光——1970 年前后出生的一代˝（北京）

2000 年 ˝世纪之门——中国艺术邀请展˝（成都）

˝艺术中的人与社会˝（广东）

˝墨尔本艺术博览会˝（澳大利亚墨尔本）

2001 年 ˝第一届成都双年展˝（成都）

2002 年 ˝纽约国际亚洲艺术博览会˝（美国纽约）

˝青春残酷绘画˝（上海）

2003 年 ˝中国艺术现在展˝（意大利米兰）

余旭鸿

1975 年生于浙江开化

2000 年毕业于中国美术学院油画系

2003 年中国美术学院油画系研究生毕业，获硕士学位

现为中国美术学院教师、巴黎国际艺术家协会委员

重要参展

2000 年 ˝中日——人与自然油画展˝（杭州）

2001 年 ˝北京中国艺术博览会˝（北京）

2002 年 ˝视觉的方向邀请展˝（法国巴黎）

˝进行时态——浙江当代青年油画邀请展˝（杭州）

2003 年 ˝探索·前瞻——2003 浙江油画大展˝（杭州）

˝中国美术学院国画系油画系研究生作品展˝（上海）

˝携手新世纪——第三届中国油画展˝（北京）

张小涛

1970 年生于四川合川

1996 年毕业于四川美术学院油画系

任教于成都西南交通大学

现工作生活于北京、成都

个展

2000 年 "快乐时光"（法国巴黎）

　　　"虚构的影像"（美国奥克兰）

　　　"快乐时光"（德国慕尼黑）

2001 年 "梦里的花儿"（日本东京）

　　　"放大的道具"（北京）

2002 年 "欲望"（德国 MUENSTER KUNST AKADEMIE）

2003 年 "唯物主义的糜烂"（法国巴黎）

重要参展

1999 年 "上河美术馆 '99 学术邀请展"（成都）

2000 年 "2000 年中国当代艺术展"（成都）

　　　"2000 年当代艺术国际交流展"（南京）

　　　"梦和画意之间"（德国卡朋伯格美术馆）

2001 年 "上下左右女性及其他"（成都）

　　　"重新洗牌"（深圳）

　　　"梦——中国当代艺术展"（英国伦敦）

　　　"过渡中的青年"（深圳）

2002 年 "梦——中国当代艺术展"（英国曼切斯特）

　　　"韩国当代艺术节"（韩国汉城）

　　　"中国艺术三年展"（广州）

　　　"北京——浮世绘"（北京）

2003 年 "差异"（上海）

　　　"再造 798"（北京）

　　　"被制造的快乐"（北京）

季大纯

1968 年生于江苏南通

1993 年毕业于中央美术学院油画系第四画室

个展

1999 年 日本东京

2000 年 中国上海

　　　英国伦敦

2002 年 中国上海

重要参展

1993 年 "首届中国油画双年展"（北京）

　　　"第二届中国油画年展"（北京）

1996 年 "现实：中国今天与明天——中国当代艺术"（北京）

1997 年 "其他的现代艺术"（德国柏林）

1998 年 "中国当代画家联展"（上海）

1999 年 "新锐的目光——1970 年前后出生的一代"（北京、深圳）

2000 年 "上海双年展"（上海）

2001 年 "巴塞尔艺术博览会"（瑞士巴塞尔）

　　　"芝加哥艺术博览会"（美国）

　　　"第一届成都双年展"（成都）

2002 年 联展（日本冲绳）

2003 年 "中国当代艺术的延伸"（韩国釜山）

　　　"中国当代艺术"（澳大利亚）

钟飙

1968 年生于重庆

1991 年毕业于中国美术学院油画系

现任教于四川美术学院油画系

个展

1996 年 "生命寓言"（重庆）

1997 年 "生命寓言"（香港）

2001 年 "偶然存在"（香港）

重要参展

1990 年 "第二届中国体育美展"（北京）

　　　"中国油画精品展"（日本东京）

1993 年 "首届中国油画双年展"（北京）

1994 年 "第八届全国美展"（成都）

1995 年 "'95 香港亚洲艺术博物馆"（香港）

　　　"中国当代油画年展——从现实主义到后现实主义首展"（比利时布鲁塞尔）

1996 年 "'96 迈阿密艺术博览会"（美国迈阿密）

　　　"首届中国油画学会展"（北京）

1997 年 "走向新世纪——中国青年油画展"（北京）

1998 年 "困惑——中国当代绘画摄影展"（荷兰阿姆斯特丹）

　　　"亚洲先锋艺术展"（英国伦敦）

1999 年 "上河美术馆 '99 学术邀请展"（成都）

　　　"新锐的目光——1970 年前后出生的一代"（北京）

　　　"第九届全国美展"（上海）

　　　"东北亚及第三世界国际美术展"（韩国汉城）

2000 年 "世纪之门——1979—1999 中国艺术邀请展"（成都）

　　　"鸿沟——中国当代艺术展"（荷兰格罗宁根）

　　　"艺术中的个人与社会——中国十一位青年艺术家作品展"（广州）

2001 年 "中国当代绘画艺术展"（巴西圣保罗）

　　　"重庆辣椒艺术展"（德国卡塞尔）

　　　"下一代——东亚当代艺术展"（法国巴黎）

　　　"旧金山艺术博览会"（美国旧金山）

2002 年 "迈阿密艺术博览会"（美国迈阿密）

　　　"芝加哥艺术博览会"（美国芝加哥）

　　　"中国当代绘画艺术展"（秘鲁利马）

　　　"长征——一个行走中的视觉展示"（瑞金、延安）

　　　"亚洲当代艺术博览会"（新加坡）

　　　"中国艺术三年展"（广州）

　　　"东西——中国当代艺术展"（奥地利维也纳）

2003 年 "芝加哥艺术博览会"（美国芝加哥）

　　　"携手新世纪——第三届中国油画展"（北京）

赵能智

1968 年出生于四川南充

现工作生活于成都

个展

2000 年 "表情个展"（上海）

2001 年 "赵能智个展"（英国伦敦）

重要参展

1993 年 "首届中国油画双年展"（北京）

1994 年 "切片艺术展"（重庆）

1996 年 《江苏画刊》新人奖"

1998 年 "三张年青面孔"（香港、台北）

"困惑——中国当代绘画摄影展"（荷兰阿姆斯特丹）

"黑与白——中国当代艺术大展"（英国伦敦）

1999 年 "'99 世界财富论坛——当代艺术展"（上海）

"'99 国际艺术展"（美国波士顿）

"解放、开放的边界"（英国伦敦）

"像物质一样美丽——中国新观念艺术展"（上海）

"上河美术馆 '99 学术邀请展"（成都）

2000 年 "中、港、台的表[面]艺术"（台北）

"世纪之门——1979—1999 中国艺术邀请展"（成都）

"成都运动"（荷兰阿姆斯特丹）

2001 年 "艺术大不同"（新加坡）

"男孩女孩"（昆明、新加坡）

"巴塞尔艺术博览会"（瑞士巴塞尔）

2002 年 "青春残酷绘画"（上海）

"中国新观念摄影展"（平遥）

"2002 苏黎世国际当代艺术博览会"

"于千年之缘——来自中国的新艺术"（纽约、伦敦）

徐文涛

1968 年生于武汉

1999 年毕业于湖北美术学院油画系，获硕士学位

同年获罗中立油画奖学金

现任教于湖北美术学院

重要参展

2001 年 "第一届成都双年展"（成都）

"界面·5"（北京）

2002 年 "走出迷失展"（北京）

"成都双年展精品展"（北京）

2003 年 "2003 马德里当代艺术博览会"（西班牙马德里）

"中国当代艺术展"（意大利米兰）

徐宏民

1971 年生于湖南

1991 年于中央美术学院雕塑创作室进修

1992 年在河西走廊研究古代壁画与雕塑

现居北京，职业艺术家

重要参展

1998 年 "堆积"（北京）

1999 年 "创新 2"（北京）

2001 年 "新画廊开幕"（北京）

2002 年 "徐宏民作品展"（北京）

2003 年 "中国极多主义"（北京）

"念珠与笔触"（北京）

秦琦

1975 年生于陕西

1991 年就读于西安美术学院附中

1995 年就读于鲁迅美术学院油画系

1999 年就读于鲁迅美术学院油画系研究生班

重要参展

1999 年 "北方艺术邀请展"（沈阳）

2000 年 "小报告文件艺术展"（北京）

"北方艺术邀请第二回合展"（沈阳）

"K 空间首回合展"（沈阳）

2001 年 "第一届成都双年展"（成都）

俸正杰

1968 年生于四川
1992 年毕业于四川美术学院美术教育系
1995 年四川美术学院油画系研究生毕业，获硕士学位
现为北京教育学院美术系讲师

个展

1996 年 "皮肤的叙述"（北京）
2001 年 "酷"（加拿大温莎）
2002 年 "包装"（北京）
　　　 "俸正杰作品展"（立陶宛维尔纽斯）
　　　 "作品 1996—2001"（挪威卑尔根）

重要参展

1992 年 "中国当代艺术研究文献展"（广州）
1994 年 "第二届中国油画展"（北京）
1995 年 "第三届中国油画展"（北京）
1998 年 "北京青年油画家邀请展"（北京）
1999 年 "46 位中国当代艺术家学术邀请展"（上海）
　　　 "艺术无国界"（澳大利亚墨尔本）
　　　 "精神食粮——当代中国艺术展"（荷兰埃因霍温）
　　　 "中国当代艺术展"（瑞士苏黎世）
2001 年 "第一届成都双年展"（成都）
　　　 "艺术 2001"（新加坡）
　　　 "与达利对话"（上海）
　　　 "下一代——东亚当代艺术"（法国巴黎）
　　　 "中国肖像"（法国巴黎）
　　　 "男孩女孩"（昆明，新加坡）
　　　 "中国当代艺术"（西班牙 VALLE QUINTANA）
　　　 "胭脂"（法国巴黎）
2002 年 "首届广州当代艺术三年展"（广州）
　　　 "上海艺术博览会"（上海）
　　　 "国际当代艺术博览会"（澳大利亚墨尔本）
　　　 "中国艺术"（德国杜伊斯堡）
　　　 "巴黎—北京"（法国巴黎）
　　　 "中国的现代性"（巴西圣保罗）
　　　 "像中国波普"（澳大利亚悉尼）
　　　 "国际当代艺术博览会"（美国芝加哥）
　　　 "与亚洲对话"（挪威奥斯陆）
2003 年 "浮世面孔"（新加坡）
　　　 "中国前卫"（葡萄牙里斯本）

黄庆

1969 年生于河南新乡
1996 年毕业于中国美术学院油画系
2002 年中国美术学院油画系研究生毕业，获硕士学位
现任教于中国美术学院

重要参展

1997 年 "走向新世纪——中国青年油画展"（北京）
1998 年 "中国美院 70 周年校庆展览"（杭州）
　　　 "中日——人与自然画展"（杭州）
2001 年 "以未来名义——当代青年油画邀请展"（杭州）
　　　 "视觉的方向——邀请展"（杭州）
　　　 "浙江省第五届全国体育美展"（杭州）
　　　 "浙江省庆祝建党八十周年作品展"（杭州）
　　　 "全国庆祝建党八十周年作品展"（北京）
　　　 "第一届成都双年展"（成都）
2002 年 "全国美术学院首届油画优秀毕业生联展"（深圳）
　　　 "进行时态——青年油画邀请展"（杭州、上海）
2003 年 "探索、前瞻——2003 浙江油画大展"（杭州）
　　　 "携手新世纪——第三届中国油画展"（北京）

获奖及发表情况

　　　 作品曾获 "中日——人与自然" 画展佳作奖
　　　 作品曾获全国庆祝建党八十周年作品展大奖
　　　 作品曾发表于《美苑》、《新美术》、《艺术界》和香
港《二十一世纪》等刊物上。

熊莉钧（女）

1975 年生于重庆
1997 年毕业于四川美术学院油画系
2002 年四川美院油画系研究生毕业，获硕士学位

重要参展

1996 年 "纪念红军长征胜利 60 周年美展"（成都）
1999 年 "诺基亚——我看未来美展"（北京）
2000 年 "重庆市人体艺术展"（重庆）
2001 年 "GB 架上作品展"（重庆）
　　　 "守望情感——五人架上作品展"（成都）
2002 年 "中韩国际交流展"（重庆）
　　　 "重庆美术馆开馆展——耐人寻味的艺术"（重庆）
　　　 "首届全国美术学院油画专业毕业生优秀作品展"
（深圳）
2003 年 "携手新世纪——第三届中国油画展"（北京）
　　　 "中国第三届油画展重庆首届油画展"（重庆）

图书策划／苏　旅

特约编辑／鲁　虹

责任编辑／林柳源

装帧设计／胡　马

责任校对／尚永红　陈小英　刘燕萍

责任印刷／吴纪恒　凌庆国

图书在版编目(CIP)数据

图像的图像：2003中国当代油画邀请展作品集／
鲁虹编. — 南宁：广西美术出版社，2003.9
　ISBN 7 - 80674 - 423 - 1

Ⅰ. 图... Ⅱ.鲁... Ⅲ.油画－作品集－中国－ 现代
Ⅳ.J223

中国版本图书馆CIP数据核字(2003)第080501号

图像的图像

—— 2003 中国当代油画邀请展作品集

编著／深圳美术馆

主编／董小明

终审／黄宗湖

出版人／伍先华

出版发行／广西美术出版社

中国广西·南宁市望园路9号

邮编：530022

电话：0771-5701356　5701357

传真：0771-5701355

经销／全国各地书店

印制／深圳雅昌彩色印刷有限公司

开本／787mm × 1092mm

1/12　印张／10

2003 年 10 月第 1 版第 1 次印刷

书号／ISBN 7 - 80674 - 423 - 1/J · 307

定价／116.00 元